GABRIEL DU BOURG

Aller-Retour

PIÈCE EN TROIS ACTES

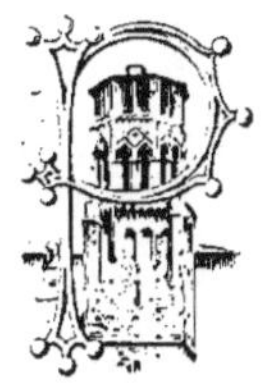

TOULOUSE
ÉDOUARD PRIVAT, LIBRAIRE-ÉDITEUR
RUE DES ARTS, 14 (SQUARE DU MUSÉE).

1903

ALLER-RETOUR

PIÈCE EN TROIS ACTES

GABRIEL DU BOURG

Aller-Retour

PIÈCE EN TROIS ACTES

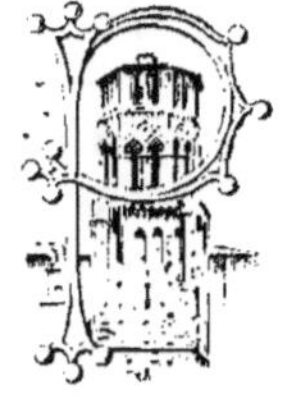

TOULOUSE

ÉDOUARD PRIVAT, LIBRAIRE-ÉDITEUR

RUE DES ARTS, 14 (SQUARE DU MUSÉE).

1903

PERSONNAGES

MONELLE WATSON........................	UNE VEUVE.
JEAN DE NOIRMONT........................	UN DÉPUTÉ.
MARTHE DE NOIRMONT.....................	SA FEMME.
ANDRÉ DE NOIRMONT......................	SON FILS.
CLAIRE DE NOIRMONT.....................	LA SŒUR DE JEAN.
M. DE KEURS...............................	AMIS DES NOIRMONT.
Mme DE KEURS..............................	

ALLER-RETOUR

ACTE PREMIER

SCÈNE PREMIÈRE

Sous une treille, devant un « mas » provençal. Au deuxième plan, le moutonnement argenté des oliviers. Dans le lointain, l'étang de Berre et ses collines mauves. — Étendue sur une chaise longue, Monelle Watson laisse sa rêverie s'égarer. — Un bruit de pas la fait tressaillir. Claire de Noirmont s'encadre au seuil de la porte, souriant d'avance à la surprise et à la joie de son amie. — Monelle a reconnu ce sourire. Elle s'élance dans les bras de Claire.

MONELLE

Claire, toi !... toi !!!

CLAIRE, *la pressant contre son cœur.*

Tu nous avais oubliés, méchante... Alors je viens me rappeler à toi !

MONELLE

Comment oses-tu dire ça ? Après la mort de mon mari, je n'ai eu qu'une hâte... fuir l'Amérique... abandonner tout là-bas pour chercher un refuge auprès de mes souvenirs d'enfance.

CLAIRE

Et tu t'es arrêtée en route... à quelques lieues de ces souvenirs !!!

MONELLE

C'est vrai, je n'aurais pas dû... Mais revivre des souvenirs adorés... quand on a souffert... quand on a peur de la souffrance... tu ne peux pas savoir ce que c'est !... Alors, on fait la traversée de l'Océan... (avec un sourire) mais on s'arrête avant de toucher au but : on n'ose plus !

CLAIRE, avec de la gravité dans la voix.

On n'ose plus, c'est vrai !... Je l'ai éprouvé moi aussi !... Dieu sait si tout à l'heure je brûlais du désir de te voir !... Et pourtant je trouvais que nous allions trop vite... Moi, qui n'ai pas de nerfs, j'étais nerveuse au moindre bond du cheval... à l'aboiement d'un chien... Alors André se faisait un jeu de mes peurs... le cruel ! Au fait, je vais te le présenter... tu verras, l'enfant le plus exquis !... je l'adore, mon André !!!

MONELLE, *gênée.*

Qui ça, André?

CLAIRE

Le fils de mon frère... mon neveu!... Tu ne savais pas : tu étais partie pour ton pays de sauvages quelques jours avant le mariage de Jean... On ignorait ton adresse pour t'annoncer la naissance de son fils... Depuis le petit a grandi... C'est lui qui a découvert ta retraite... qui m'a conduite jusqu'ici!... et d'un train... Il semblait plus pressé que moi!

MONELLE

Où l'as-tu laissé?

CLAIRE

A l'auberge... il dételle son poney... Il va venir... Tu le reconnaîtras... le portrait de son père... Tu te rappelles Jean, n'est-ce pas, à son entrée à Saint-Cyr?

MONELLE, *émue.*

Oui! je le vis alors pour la première fois... Comme tout cela est loin!!!

CLAIRE

Cela semble bien près en te regardant : tu n'as pas pris un jour! Je retrouve ma Monelle du Sacré-Cœur... le pur ovale de son visage illuminé par de grands yeux... sous les ailes de ses cheveux noirs. Certes, tu étais bien la fille de « chez nous » !!! Là-bas, à Paris, parmi des compagnes exotiques, tu évoquais ma Provence. Et mon amour pour toi était fait un peu de mon amour pour elle !

MONELLE

Moi aussi, j'aime notre pays !... Aussi, tu vois, je viens finir mes jours dans un « mas » provençal !

CLAIRE

Comme je te comprends !

MONELLE

Tu me comprendrais mieux encore si tu avais vécu loin de France... On ne saisit la valeur des choses que quand elles vous ont fait du mal... Je comprends l'exil à présent !

CLAIRE

Pourtant ton mari semblait t'adorer !

MONELLE

Il n'était pas de « chez nous », comme tu le disais tout à l'heure !... Certes, il était bon, dévoué... amoureux. Mais nos deux âmes avaient une essence trop dissemblable... ; sa race, à lui, pouvait se passer de traditions, alors que les traditions constituent la vitalité de notre race. Il me parlait de l'avenir... de l'univers, comme d'un champ d'action pour son activité!... Je lui parlais du passé, je regardais ma Provence, source de mes énergies... Nous ne pouvions nous comprendre, et je me suis sentie seule, affreusement!

CLAIRE

Pourquoi ne nous avoir pas écrit? Nos lettres t'auraient apporté un peu de notre France et beaucoup de notre Provence.

MONELLE

Mon mari ne voulait pas..., il était jaloux du passé... La correspondance, les journaux, les livres, rien n'arrivait jusqu'à moi... C'était plus que l'Océan qui me séparait de vous!

CLAIRE, avec émotion.

Ma Monelle chérie!... comme nous allons réparer le temps perdu... Oublions vite ce vilain passé... Revenons à notre jeunesse!

MONELLE

Oh! de tout cœur!

CLAIRE

Pour moi, ça sera moins facile : je suis une vieille femme.

MONELLE

Après vingt ans d'absence, je t'ai reconnue de suite!

CLAIRE

Parce que j'étais déjà vieille et laide!... Il y a des femmes qui l'ont été toujours!

MONELLE

Tu dis des sottises!

CLAIRE

Non!... La Providence n'a pas voulu de moi pour faire le bonheur d'un homme; (souriant) alors je me révolte contre sa décision : je soigne notre vieux père... pendant que les sessions de la Chambre retiennent Jean loin de nous... Je cultive ses électeurs aussi, et je conserve à mon frère des dévouements légués par nos ancêtres!

MONELLE

La femme de Jean vit-elle à Paris avec lui?

CLAIRE

Jean n'a pas voulu... il tient à ce qu'elle reste chez nous, dans le château de famille.

MONELLE

Alors, elle doit t'aider dans ta tâche!

CLAIRE

Elle me laisse faire, c'est beaucoup... Marthe est bien enfant pour songer à transmettre à d'autres l'héritage de nos traditions.

MONELLE, *vivement.*

Tel que je le connais, Jean doit certainement en souffrir!

CLAIRE

Mais non!... Jean et Marthe s'aiment beaucoup. Comme ton mari et toi... ils ne sont pas responsables des divergences de leurs pensées et de leurs sentiments... Et c'est le devoir des vieilles femmes comme moi de leur faire envisager la vie avec indulgence... Mais il ne s'agit pas de ça... Ma belle-sœur (à qui nous avons si souvent parlé de toi) grille du désir de te voir... Elle m'a chargée de t'inviter à Noirmont... D'autant plus que, les Chambres entrant en vacances, Jean nous reviendra probablement demain. (*Hésitation de Monelle.*) J'espère que tu ne prétexteras plus ton deuil!

MONELLE, *grave.*

Tu peux compter sur moi... je viendrai... remercie la marquise de Noirmont.

(*Une porte se ferme... on entend la cadence d'un pas.*)

CLAIRE

Ah! voici André!

SCÈNE II.

CLAIRE

Ma chère... mon mauvais garnement de neveu.

ANDRÉ, baisant la main de Monelle.

Ma tante me flatte, Madame.

MONELLE

Vous me permettez de vous appeler André!... Il me semble que je ne pourrais pas dire autrement, aimant comme je les aime votre tante et votre père!

CLAIRE

Il t'aimera comme nous, tu verras.

MONELLE

Je le désire!... Tu as raison, c'est le portrait de son père.

ANDRÉ

Vous aussi! oh! ne dites pas ça; on me le répète du matin jusqu'au soir... l'obsession du *leit-motiv*!!! Du reste, quand vous verrez mon père, vous changerez d'avis...; sa barbe est grave, et, sous sa barbe, son air plus grave encore!... Moi, c'est l'insouciance... l'inconséquence même! Je rate mes examens, je ne suis propre à rien!... tandis que papa... (Moue d'admiration blagueuse.) N'est-ce pas, tante Claire?

CLAIRE

Ne parlons pas de ça, j'en éprouve trop de chagrin!... Puisque la glace est rompue, je vous laisse... J'ai à voir ton curé pour l'élection de Jean...

MONELLE

Passe par le jardin... la porte du fond... et le presbytère est en face.

CLAIRE

Bien, merci!... (A André.) N'oublie pas d'atteler pour cinq heures : il faut arriver à Noirmont avant la nuit... Je ne te ferai pas attendre.

(Claire sort par le jardin.)

SCÈNE III.

A peine Claire a-t-elle disparu qu'André s'est amoureusement blotti dans les bras de Monelle.

MONELLE

Mon André! comme c'est bon de t'avoir à moi!... Huit grands jours que je ne t'ai vu!!!...

ANDRÉ

Nous n'allons plus nous quitter maintenant... Tu vas venir à Noirmont, n'est-ce pas?... Tante Claire t'a invitée?

MONELLE, baissant la tête.

J'ai accepté, j'ai eu tort!

ANDRÉ

Pourquoi? Rien ne pourra plus nous séparer.

MONELLE

Nous étions heureux avant.

ANDRÉ

Nous le serons plus encore!

MONELLE

Quand je suis heureuse, j'ai toujours peur d'un plus grand bonheur.

ANDRÉ

Mais ce bonheur, c'est la suppression entre nous deux de toute entrave! A Noirmont, tu verras, chacun vit à sa guise sans s'occuper du voisin... Tiens, notre ami Jojo (Joseph de Villon) peut flirter à son gré avec Mme de Keurs ou Mlle de Lormol... qui s'en inquiète?... De cette façon, maman a moins de peine pour distraire ses invités.

MONELLE

Ton père approuve ça?

ANDRÉ

Papa est si rarement ici... Quand il y est, il pense à des questions bien plus sérieuses.

MONELLE

Et toi... tu ne penses jamais à ces questions sérieuses?

ANDRÉ

Pas de danger... Il sera toujours temps de devenir ennuyeux. Crois-tu, du reste, que cela me serait possible quand j'ai l'âme et le corps tout pleins de toi?

MONELLE, *tendrement.*

Mon André!

ANDRÉ

Mon bonheur me rend fou!... Je voudrais le crier à tous les passants... Mais ça ne se fait pas!... On serait épaté tout de même... Songe donc, dès la première rencontre, le coup de foudre... comme dans les romans!... Il me semble revoir la scène... toi, tu lisais, assise là-bas, au bord de l'étang... moi, je courais après une macreuse que je croyais avoir blessée... je ne t'avais pas vue... j'ai failli te bousculer! Alors tu as levé sur moi ton beau regard et aussitôt ton visage est devenu tout pâle, comme si la vie allait te quitter.

MONELLE

Le passé me remontait au cœur; tes traits me rappelaient les traits de ton père.

ANDRÉ

Encore!... tu es méchante, Monelle!... Moi, je ne songeais guère au passé... j'étais ébloui par le présent!... Si j'avais osé, je me serais agenouillé... comme à présent, devant mon idole pour l'adorer! (Avec un peu d'inquiétude.) Tu m'aimes bien toi aussi?

MONELLE

Oui, je t'aime... non seulement pour le passé que tu me rappelles, mais pour le présent que tu me fais aimer!

ANDRÉ

Laisse donc le passé où il est... Il te rend mélancolique. Et puis je ne peux pas y être avec toi!... Regarde plutôt l'avenir; nous le regarderons ensemble... nous le regarderons à Noirmont, au milieu des objets d'art et des meubles de style... comme dans un musée!

MONELLE

Ma demeure ne te suffisait-elle donc pas?

ANDRÉ

Certes si!... (Un silence.) Puisque tante Claire te dit si riche, pourquoi n'as-tu pas construit un véritable château au lieu de cette maison de paysan?

MONELLE

Parce qu'en Provence le paysan possède un objet d'art que lui envieraient tous les musées du monde, le Soleil! Il n'a pas besoin de décorer la façade de son « mas »; elle reflète l'éblouissement de la lumière et s'égaie du jeu coloré de ses ombres!

ANDRÉ

Comment peux-tu aimer le soleil?... Moi, il m'anéantit.

MONELLE

Il donne de la beauté à tout, même aux choses médiocres!... Ne dis pas de mal de lui... ne parle pas plutôt... reste là tout près, à me regarder... Comme ton sourire est délicieux sous le baiser du soleil couchant! Tes yeux reflètent les lointains de nos collines!... Ne bouge pas... regarde-moi bien... Ah! tes yeux, je les aime, je les aime! (Elle baise éperdument ses yeux.)

ANDRÉ

C'est infiniment bon d'être ton amant!... mais comme tu ressembles peu aux autres femmes,... tu as des idées si bizarres ! (On entend sonner cinq heures.) Cinq heures, et la voiture qui n'est pas attelée... Tante Claire va grogner ! Je me sauve. . . A demain, ma Monelle chérie !. . . De bonne heure, n'est-ce pas !!! Ce que la vie va être amusante maintenant !!! (Sur le seuil de la porte.) Tu m'aimes ?

(En réponse, Monelle lui envoie, des deux mains, un baiser passionné.)

ANDRÉ

Je t'adore !!!

(Il sort).

SCÈNE IV

Claire qui arrive par le jardin surprend les adieux des deux amants... Affreusement pâle, elle s'appuie à un pilier pour ne pas tomber. Elle ne peut proférer une parole.

MONELLE, l'apercevant soudain... affolée.

Claire, tu étais là !!! (Elle court vers elle, car elle la voit chanceler.)

CLAIRE, avec horreur.

Oh ! n'approche pas, toi ! (Elle tombe en sanglotant dans un fauteuil.) André !. . . Monelle !. . . je vous aimais tant !

MONELLE, à demi-voix.

J'aurais donné ma vie pour t'épargner cette douleur !

CLAIRE

Mon André!... non, ce n'est pas possible!... (A Monelle.) Dis-moi donc que je me trompe... que c'est un cauchemar! Oh! rassure-moi, par pitié!

MONELLE, baissant la tête.

Je ne puis pas.

CLAIRE

Oh! la misérable!

MONELLE, tombant à ses genoux.

Pardon, pardon! C'est vrai, je suis bien coupable... si tu savais pourtant!!!

CLAIRE

Je t'aimais comme une sœur; tu as tué la sœur!... Je l'aimais comme un fils; qu'as-tu fait de lui?

MONELLE

Ne me condamne pas avant de savoir... Rappelle-toi ma vie de souffrance... tout à l'heure encore, tu en avais pitié.

CLAIRE, avec emportement.

La souffrance n'excuse pas une action mauvaise... N'ai-je pas souffert, moi aussi? Comme toi, j'avais un cœur, crois-le bien... Il a fallu le briser et renoncer au bonheur pour toujours!

MORELLE

Mais tu l'as fait de ton plein gré... comme c'est différent! Tu te sacrifiais, toi, à de belles idées!... Parmi des parents qui savaient comprendre le mérite de ton sacrifice! Moi, on ne m'a pas consultée! Pour assurer la prospérité de son industrie, mon père m'a imposé, en mariage, un étranger... le représentant de sa maison en Amérique... Mon union a été un échange commercial; on m'a vendue!!!... Et, malgré cela, pendant vingt ans, je suis restée honnête; j'ai torturé mon âme et mon corps espérant que le bon Dieu aurait enfin pitié, qu'il m'accorderait, comme à la plus humble de ses créatures, mon heure de bonheur!... Je ne l'ai jamais eue! Maintenant cette lueur d'espoir va s'éteindre; la vieillesse me saisit; demain mes cheveux seront blancs et les rides de mon visage prolongeront celles de mon cœur. Et tu veux qu'au moment où j'entrevois la possibilité de ce bonheur, je ferme les yeux pour ne pas voir. Oh! non! je ne peux pas! je ne veux pas!!!

CLAIRE

Ce bonheur est un crime!... et tu l'as rendu plus infâme en prenant pour complice un enfant innocent... notre André!!!

MORELLE

Grâce à moi, André ignore encore le douloureux apprentissage de la vie... Toute autre femme aurait meurtri et sali les pures illusions de sa jeunesse... Je les ai berçées dévotement! En retour, il m'accorde pour quelques heures le mirage de ce que j'aurais voulu être... Bientôt il me fera souffrir, je le sais... il me reniera... Tu peux donc avoir de la pitié pour moi!!!

CLAIRE

Quel abîme s'est creusé entre nos deux consciences!!! Je me demande si je dois te plaindre ou si je dois de mépriser! Nous ne pouvons plus nous comprendre.

MONELLE

Tu ne peux donc plus me juger!

CLAIRE

Je dois arracher André de tes bras!

MONELLE

Et si je suis lasse de me résigner toujours... si je me révolte enfin!!!

CLAIRE, *avec violence.*

Tu n'aurais pas l'impudence de venir à Noirmont?

MONELLE, *froidement.*

Mme de Noirmont m'a invitée : j'irai.

CLAIRE

Je saurai bien t'en empêcher : je te ferai chasser !

MONELLE

Et par qui ?... par Jean peut-être !!! Tu n'as donc jamais ouvert les yeux ? Ouvre-les, il est temps ! (Avec gravité.) Je n'ai aimé qu'un homme dans ma vie... pas ton neveu... mais ton frère ! Je l'ai aimé dès que je l'ai vu... quand tes parents m'ont reçue chez eux pendant les vacances... Je ne le lui ai jamais dit, et pourtant Jean m'aimait. (Mouvement de Claire.) Oh ! de cela je suis sûre : son âme ne savait pas mentir !... Pendant vingt ans, j'ai vécu avec cet amour dans le cœur... auprès d'un autre homme !!! Maintenant tout s'illumine dans ma vie... je reconnais les traits de Jean, dans les traits de son fils... De toute mon âme et de tout mon corps, je m'abandonne à cette ressemblance ; car c'est à Jean et à Jean seul que je me donne !!!... Je m'étais interdit Noirmont... (tu l'as vu toi-même)... me sentant impuissante à ne pas tomber dans les bras de Jean... Tu viens de m'enlever ce scrupule. Va donc lui dire maintenant de chasser la maîtresse de son fils... Il apprendra le reste... Je te jure que je ne partirai pas seule !!!

Épouvantée, CLAIRE s'est enfuie, en murmurant :

Mon Dieu ! Mon Dieu !!!

ACTE II

SCÈNE PREMIÈRE

Le hall du château de Noirmont. — M. de Keurs sommeille dans un fauteuil... sa tête, qui se balance au hasard de ses rêves, finit par plonger dans le vide... le dormeur est rappelé au sentiment de la réalité... il hasarde un regard confus du côté de Claire qui brode. Celle-ci lui sourit, pleine d'indulgence.

CLAIRE

Vous avez bien dormi, Monsieur de Keurs?

KEURS

Je ne dormais pas... je me recueillais.

CLAIRE

Allons, ne vous défendez pas... la sieste est bien excusable par cette chaude après-midi.

KEURS

Vous ne la faites jamais, Mademoiselle?

CLAIRE

Mais si ; l'ouvrage, c'est notre sieste à nous vieilles filles... (*Un silence.*) Vous n'avez pas eu envie de vous joindre aux autres, dans l'automobile d'André?... Notre pays est si joli par cette fin d'automne!

KEURS

Oh! moi, les paysages me laissent froid... tous me produisent un effet identique : ils m'ennuient... Que voulez-vous? l'amour des champs est un sens qui me manque... J'ai beau faire... il n'y a pas!... Tenez, j'éprouve une mélancolie irrésistible chaque fois que je dois déjeuner à Armenonville.

CLAIRE

A Armenonville?

KEURS

Vous ne connaissez pas, c'est vrai... vous ne déjeunez pas à Armenonville, vous... vous êtes une femme d'exception!... Ma femme a la rage d'y aller... par amour des champs... par snobisme... Moi, je ne suis pas snob... je préfère l'ordinaire de mon Cercle et je le dis... je n'ai nulle envie de me faire casser le cou par André et je reste pour vous tenir compagnie.

CLAIRE

Vous m'en voyez ravie.

KEURS

Cela ne m'empêche pas de faire partie de l'*Automobile-Club* et de l'*Aero-Club!*... De cette façon, je marche avec le progrès; j'encourage les tentatives industrielles ou scientifiques... de loin, bien entendu, car la compétence me manque... mais j'ai des réparties sur toutes ces questions.

CLAIRE

Je vous admire!

KEURS

Vous vous moquez de moi?

CLAIRE

Pas du tout.

KEURS

Avouez que vous vous moquez... je vous aimerai tout de même... je n'ai pas de la rancune pour deux sous... Demandez à votre frère... il ne peut pas me rencontrer à Paris sans m'accuser « d'impuissance sociale... » c'est son mot... J'ai fini par l'envoyer promener.

CLAIRE

Jean dit ça pour vous taquiner.

KEURS

Non, c'est l'effet de sa crise... il traverse une crise! ça lui a pris quand ses cheveux se sont mis à tomber. Avant de se résigner à l'inertie de la vieillesse, il a eu un haut-le-cœur : il s'est aperçu qu'il n'avait pas fait encore grand'chose de bon dans la vie... Du coup, il a voulu se métamorphoser en un personnage d'importance. Mais à quarante ans, avec des forces déclinantes, on ne se métamorphose pas!... Alors son dépit se déverse sur les autres.

CLAIRE

Vous exagérez !

KEURS

Mais non... je suis documenté... Moi aussi, j'ai passé par là.

CLAIRE

Vous?

KEURS

Oui... si extraordinaire que ça paraisse..., pendant plusieurs mois, j'ai été écœuré de l'inutilité de mon existence... j'ai essayé de réagir... je me suis fait nommer maire de ma commune... Mais on m'a suscité tellement d'embêtements que, bien vite, j'ai rendu mon tablier... j'étais redevenu philosophe.

CLAIRE

Quel dommage! Vous auriez pu faire du bien chez vous.

KEURS

Je ne le crois pas : cette crise est trop malfaisante!... Tout le monde la traverse, du reste... les Sociétés aussi bien que nous!... Pour elles, ça se nomme une Révolution; pour nous autres, une crise d'individualisme à l'état aigu... Pour tous, le résultat est le même : l'empoisonnement du bonheur et la stérilisation des forces vives... Heureusement, la crise passe vite!

CLAIRE

Votre clairvoyance m'étourdit!

KEURS

Je suis toujours étourdissant après mes siestes... Mais nous bavardons... A quelle heure arrive donc le train de Jean?

CLAIRE

A trois heures quinze. (Regardant la pendule.) Ils devraient être ici... Marthe est partie pour la gare depuis trois quarts d'heure... Pourvu qu'il ne leur soit rien arrivé!

KEURS

Quelle idée!... Le train avait du retard, voilà tout.

CLAIRE

Oh! je ne suis pas tranquille... il me semble qu'un malheur va tomber sur nous aujourd'hui.

KEURS

Les noirs pressentiments... je connais ça... c'est une sieste qui vous manque!... vous auriez dû faire comme moi tout à l'heure.

CLAIRE

Les vieillards ont des pressentiments dont il ne faut pas rire, Monsieur de Keurs!... ils sont presbytes : ils distinguent là où vous ne voyez pas encore!... Qu'il me tarde que cette journée soit passée!... Tout m'alarme... même votre théorie sur la crise de Jean.

KEURS

Si j'avais su!... Allons, accompagnez-moi dans le parc... nous irons à leur rencontre...

(Au moment où ils vont sortir paraissent Jean et Marthe.)

SCÈNE II

KEURS

J'en étais sûr... ça les a fait arriver... Bonjour, Jean.

JEAN

Bonjour, mon cher. (Poignée de mains.) Mme de Keurs va bien?... Bonjour, Claire. (Il l'embrasse.) Comment se porte père?

CLAIRE

Son intelligence est toujours aussi nette; mais ses jambes se font bien paresseuses. Il n'y a plus moyen de le faire descendre de sa chambre... tu l'y décideras peut-être... Maintenant il repose.

JEAN

Dès son réveil, je monterai pour l'embrasser.

KEURS

Je vous laisse : je ne veux pas troubler votre intimité; je vais fumer un cigare dans le parc.

MARTHE

Fumez-le ici : vous ne nous gênez aucunement.

KEURS

Non, non, les épanchements de famille, ça m'émotionne! A tout à l'heure. (Il sort.)

MARTHE

Quel type!

JEAN

Vous trouvez?... le type banal de l'égoïste; ça court les rues!

MARTHE

Oh! vous! vous êtes grincheux aujourd'hui... Personne n'a grâce devant vous... pas même moi qui ai lâché mes invités pour aller vous chercher à la gare.

JEAN

Vos invités!... ils sont réussis vos invités!

MARTHE

Ce n'est pas moi qui les fais, n'est-ce pas!... Je ne sais vraiment comment vous prendre... Quand vous êtes seul avec nous, vous coiffez une tête de martyr... Quand j'invite nos amis, vous me faites des scènes!

CLAIRE

Marthe a raison... Et puis, ce qu'elle ne dit pas, c'est qu'un séjour continuel à Noirmont est bien sévère pour elle. Il est de toute justice qu'elle cherche à l'égayer en y attirant ses amis.

JEAN

Du moins, qu'elle les choisisse mieux!... Il est peut-être possible de découvrir dans notre monde des inutilités moins notoires que les Lormol, Villon, Keurs et Cie!

MARTHE

Vous les avez pris en grippe parce qu'ils n'ont pas vos idées... vos idées actuelles... car celles d'autrefois ressemblaient probablement aux leurs... Soyez donc plus équitable... Du reste, ils ne vous gêneront guère : ils passent leur vie dehors. A cette heure, André les promène au bord du Rhône dans son automobile. Il conduit merveilleusement sa machine notre André... jamais une panne !

JEAN

Il n'en a qu'à ses examens... on ne peut pas être parfait!... En tout cas, il aurait dû m'attendre aujourd'hui au lieu de promener ces imbéciles.

CLAIRE

Tu le grondes tout le temps... il n'est pas pressé de se faire gronder!

JEAN

Vous le gâtez à vous deux contre tout bon sens!

MARTHE

André nous fait pitié... Devant vous, il n'est plus le même... il a peur... peur de son père!... Je crains alors que son âme ne se referme sur elle-même... Je vous en prie, ne lui reprochez pas trop durement son échec ; malgré sa légèreté, il en a souffert.

JEAN

Soyez tranquille : il en a déjà pris son parti.

MARTHE

Non, je vous assure, il en souffre!... ne le grondez pas!... Ne nous gâtez pas la joie de vous posséder parmi nous : elle se fait si rare!... Moi, je ne songe qu'à contenter tout le monde, et ce n'est pas facile!... Tenez, je vous ai ménagé une surprise... Devinez qui j'ai attiré à Noirmont.

JEAN

Comment voulez-vous que je sache?

MARTHE

Quelqu'un pour vous!... quelqu'un que vous aimez bien!... Vous ne trouvez pas?

JEAN

Non.

MARTHE

Mme Watson!

JEAN

Monelle! Elle est revenue?

MARTHE

Depuis trois mois... après la mort de son mari... Par un pur hasard, nous l'avons découverte dans une villa, tout près de l'étang de Berre... elle venait de l'acheter pour y cacher son deuil.

JEAN

Vous ne vous êtes pas trompée : j'ai grande joie à la revoir... elle me rapporte bien des souvenirs de jeunesse.

MARTHE

Puisse-t-elle vous rapporter votre bonne humeur !!!

JEAN

Toi aussi, Claire, tu dois être tout heureuse de retrouver ton amie du Sacré-Cœur?

CLAIRE

Oh! depuis le Sacré-Cœur, mes idées sont devenues bien sérieuses pour une femme aussi jeune que Monelle!

JEAN

Mais elle est de ton âge.

CLAIRE

C'est vrai... mais elle n'a pas vieilli, elle... ses idées non plus.

JEAN

Même enfant, Monelle pensait comme nous, s'enthousiasmait avec nous!

CLAIRE

Maintenant elle ne s'enthousiasme que pour le monde et ses plaisirs... Tu vois donc que, malgré ma bonne volonté, je suis incapable de lui donner la réplique.

JEAN

Comme le temps peut nous changer !

MARTHE

Je n'ai pas connu Mme Watson au temps dont vous parlez... Mais actuellement, elle est une femme très belle et très intelligente... tous nos flirts en raffolent !... (Écoutant les bruits du dehors.) Un automobile !... ce sont eux.

JEAN

Je cours faire ma toilette : on n'est pas présentable après douze heures de chemin de fer.

MARTHE

De la coquetterie maintenant... je ne vous reconnais plus !

JEAN

Ni moi !... je me sens jeune !... et fou !... Voyez !!!

(Il saute au cou de Marthe.)

MARTHE

Ah ! mon Dieu !... vous me décoiffez !... C'est moi qui ne serai plus présentable.

JEAN, qui a déjà couru à la fenêtre.

Sous ces capuchons, il m'est impossible de deviner une jolie femme... des masses informes !... Laquelle est-ce ?

MARTHE

Le domino mauve.

JEAN

Ma foi, tant pis!... je cours l'embrasser... malgré mon costume de voyage.

MARTHE

Le sien n'aura rien à vous reprocher.

JEAN, *sur le seuil de la porte.*

Diable!... Villon qui s'amène!... il va me cramponner.

MARTHE

Sauvez-vous par la cuisine!... je me charge de lui.

CLAIRE, *à Jean qui va sortir.*

J'aurais quelque chose à te dire.

JEAN

Pas maintenant... plus tard!

MARTHE

Quelque chose de grave!

JEAN

Toi, tu vois de la gravité partout!... Tu vas me faire pincer par Villon... Ne fais pas ça, ma petite Claire!... Après, tant que tu voudras.

CLAIRE

Enfant!... à tout à l'heure alors, dans ma chambre.

(Jean est déjà loin; Claire sort à son tour.)

SCÈNE III.

Entrent Villon et André en tenue de chauffeur.

MARTHE, allant vers eux.

Bonne promenade?

VILLON

Exquise... et gaie!!!... nous mourions de peur!

MARTHE

André a fait des folies, j'en suis sûre.

VILLON

Il n'a fait que cela : il n'a pas cessé de flirter avec Mme Watson... alors, nous autres, nous allions à la dérive... Et c'est miracle que je puisse encore baiser vos jolies mains. (Il fait comme il le dit.)

MARTHE

Vous lui apprenez de bien vilaines choses, Monsieur Jojo!

VILLON

Pour vous faire plaisir..., uniquement... Vous êtes si heureuse des succès de votre André !

MARTHE

Voulez-vous bien vous taire!... (A André.) Ton père vient d'arriver. Va l'embrasser dès qu'il descendra de sa chambre.

ANDRÉ

Il a fait bon voyage, papa?... Ce qu'il va m'engueuler!

MARTHE

Ne parle pas ainsi de ton père... Ton échec lui a fait beaucoup de peine, comme à nous tous. Mais il sait que tu en es le premier puni... il ne te grondera pas... Je vous laisse pour aller retrouver ces dames. (Elle sort.)

SCÈNE IV.

VILLON

Pauvre gosse!... encore un sermon!

ANDRÉ

Ça te fait rire, toi!... Moi, ça m'humilie, ça me révolte!

VILLON

Je pense bien... à ton âge... un homme qui jongle avec des cœurs de femme!

ANDRÉ

Ne te moque pas.

VILLON

Je ne me moque pas... je t'envie. Quand tu es là, il n'y a plus moyen de causer avec Mme Watson... elle n'a d'yeux et d'oreilles que pour toi!

ANDRÉ

Tu ne peux pas te figurer comme je suis heureux!

VILLON.

Je n'ai qu'à te voir... Une femme qui prend à la lettre tes déclarations... qui croit que c'est arrivé... c'est amusant au possible!

ANDRÉ, interloqué.

Mais...

VILLON

Tu ne voudrais pas me faire gober ça... à moi?

ANDRÉ

Pourquoi ne serais-je pas amoureux?

VILLON

Si ça te fait plaisir!... D'autres déjà ont aimé Ninon de Lenclos... à ton gré de t'amouracher d'une vieillesse.

ANDRÉ, déjà moins affirmatif.

Oh! vieillesse!

VILLON

Appelle-la comme tu voudras... tu ne l'empêcheras pas d'être la contemporaine de ta tante Claire... Ton père, dit-on, admirait jadis sa beauté... Que tu l'admires à ton tour comme une relique du passé, comme une tradition de famille, parfait!... mais que tu en pinces pour elle... laisse-moi me tordre... elle pourrait être ta mère!

ANDRÉ

Je t'assure qu'il est très agréable de causer avec Monelle.

VILLON

Elle a beacoup d'esprit, c'est entendu. Et pourtant elle se fait rouler par un moutard de ton importance... Allons, ne joue pas la comédie avec moi... Avoue que tu l'as fait marcher.

ANDRÉ, confus de son reniement.

On ne peut rien te cacher.

VILLON

J'en étais sûr... Je retrouve mon élève!... Tu te souviens?... quand tu t'es mis à flirter, tu m'as demandé des conseils.

ANDRÉ

Alors, tu m'as dit : « Le flirt est un marché où l'homme exige tout et où la femme se contente du reste ».

VILLON

Le seul marché où nous ne soyons pas les dupes... Tiens, ton flirt vient te relancer, je te laisse à tes effusions.

ANDRÉ

Merci, je ne te quitte pas !

(Ils sortent ensemble.)

SCÈNE V.

Entrent Mme de Keurs, Monelle et Marthe.

MARTHE

Personne!... j'avais cru apercevoir André et M. de Villon.

Mme DE KEURS

Nos flirts nous délaissent... Passe encore pour Jojo... nous l'avons mis sur les dents, Marthe et moi!... Mais André... (à Monelle) votre fief exclusif!... il est impardonnable !

MONELLE, riant.

André, mon flirt!... mais je suis incapable de flirter!

MARTHE.

Vous, une Américaine!

MONELLE.

Je ne le suis probablement pas assez... Mon séjour là-bas n'a pas su me libérer des préjugés du Vieux-Monde... Oui, le flirt me répugne : ce serait me donner trop, sans me donner assez.

MARTHE.

Mais, pour nous, le flirt c'est le péché permis !

MONELLE

L'autre péché me paraît moins déloyal.

Mme DE KEURS

Oh ! vous dites des monstruosités !... Comme M. de Noirmont en disait tout à l'heure... Je ne pouvais pas ouvrir la bouche sans me faire attraper... Parbleu ! il professe l'horreur des idées admises !... (A Monelle.) Au fait, vous l'avez connu bien avant nous... avait-il déjà ces principes subversifs ?

MONELLE

J'ai retrouvé Jean tel que je l'avais quitté..., plein d'enthousiasme et de franchise.

Mme DE KEURS

C'est cela, il sera resté le même... pendant que le temps changeait !... Pas notre faute si nous ne parlons pas la même langue que lui, que vous !... Vous, pourtant, vous paraissez moins éloignée; vous êtes encore si belle que je ne peux pas vous prendre pour la contemporaine de Mlle Claire... je le disais tout à l'heure à Mme de Noirmont... Vous mettiez tant d'âme dans votre causerie avec André !... N'est-ce pas, Marthe ?

MARTHE

Vous nous faisiez envie !!!

Mme DE KEURS

Comme vous avez de la veine de ne point vieillir !... Moi, j'aimerais mieux mourir, là, tout de suite, que de me faner et de m'empâter.

MARTHE

Laisse là ces idées lugubres, ma chère : tu me fais froid dans le dos ; tout ce soir, nous allons être hantées par nos momies !... Que pourrait-on bien faire pour n'y plus penser ?... Si nous nous déguisions ?

Mme DE KEURS

Oui, oui... déguisons-nous !

MARTHE

Pour le dîner !... Nous n'avertirons personne... ce sera très drôle !

Mme DE KEURS

Il faut pourtant quelqu'un pour nous donner des idées... Si l'on prévenait Jojo... il grime si bien !!!

MARTHE

Bien sûr... Jojo n'est qu'un flirt!... Je vais lui confier mes crayons. (Elle sort.)

Mme DE KEURS

Cette Marthe a toujours l'esprit en branle... elle a l'entrain communicatif... La gaieté, c'est sa bonté à elle... Quel costume allez-vous prendre?

MONELLE

Je ne sais pas... J'ai eu si rarement à penser à des travestissements!

Mme DE KEURS

C'est passionnant au possible de changer d'âme, vous verrez!... Laissez faire Jojo... Il vous indiquera le costume exigé par votre type... Il a beaucoup de goût et a fréquenté des ateliers d'artistes... D'abord, faites-vous grimer par lui.

MONELLE

Est-ce bien utile?

Mme DE KEURS

Je crois bien!... On devient si joli et si jeune : c'est à tomber amoureux de soi-même!... Confiez-vous à Jojo; vous m'en direz des nouvelles..., à moins qu'à cause de vos théories!... sur l'insuffisance du flirt!... vous ne redoutiez un tête-à-tête avec notre séducteur!

MONELLE, ironique.

Pardonnez... Je ne savais pas ce que je refusais... Je vais me mettre aux mains de M. de Villon.

Mme DE KEURS

All right!... Moi, je dévalise les armoires de Marthe pour me faire un costume de Japonaise... Avec mon teint et mes cheveux, c'est indiqué, n'est-ce pas?... Et puis j'adore de parler comme Loti!... A tout à l'heure... je vous abandonne aux œuvres de Jojo... prenez garde!

MONELLE

Je ferai mon possible.

(Mme de Keurs sort.)

SCÈNE VI

CLAIRE, du dehors.

Jean!...

(Monelle tressaille! Claire paraît et s'arrête, interdite, à la vue de Monelle. Celle-ci s'est ressaisie.)

MONELLE

Il n'est pas là!

(Claire va sortir. — Monelle lui barre la route.)

CLAIRE

A quoi bon?... Nous n'avons plus rien à nous dire!

MONELLE

C'est vrai... les paroles ne feraient que du mal!... J'implore seulement l'aumône la plus humble... l'aumône de la pitié!... (Claire se détourne) mais tu passes!

CLAIRE

Je fais mon devoir.

MONELLE

Tu passes... le visage implacable... sans daigner tendre une main qui pourrait me sauver... Tu vois, je m'humilie!

CLAIRE

Parce que tu as peur!... de ce que je vais dire à Jean!

MONELLE

C'est toi qui as peur, ma pauvre amie!.. (D'un geste, vers la glace.) Regarde-toi : tu est pâle comme une morte.

CLAIRE, la voix éteinte.

Je parlerai pourtant!

MONELLE

Tu mettras l'irréparable entre ceux que tu aimes!!!... Pour eux, si ce n'est pour moi... je te supplie!

CLAIRE, continuant sa marche.

A la grâce de Dieu.

(Claire est sortie. — Monelle a un geste d'accablement.)

SCÈNE VII

Entre Villon.

VILLON

Je suis dans le secret !

MONELLE, l'esprit ailleurs.

Ah !... vous n'avez pas rencontré M. de Noirmont ?

VILLON

Non... sa femme m'a confié sa boîte de maquillage.

MONELLE

Ah ! oui... c'est vrai, il faut se maquiller !... Je mourais d'envie de me faire maquiller par vous !... un tel artiste !

VILLON

Tout au plus, un flâneur qui s'est oublié jadis dans les loges des danseuses et qui s'en souvient !

MONELLE, ironique.

Vous ne faites qu'augmenter mon désir !... En quoi allez-vous me métamorphoser ?

VILLON

Avec vos lignes classiques... pas de fantaisie... de l'art pur!

MONELLE

Oh! laissons l'art de côté, je vous supplie... je me sentirais moins gênée sous un masque plus modeste... Si je m'habillais tout bonnement en Arlésienne?

VILLON

Comme vous voudrez... Vous seriez la plus séduisante de nos Mireille... Vous en avez le type... presque la coiffure... Permettez simplement que je souligne vos perfections avec ces pâtes et ces poudres... Où pourrions-nous nous installer?... dans votre chambre!

MONELLE

Ici, nous serons très bien... l'on ne nous dérangera pas; tout le monde est dehors.

VILLON

Alors, près de la fenêtre; le jour commence à baisser.

MONELLE, *s'asseyant.*

Comme cela?

VILLON

Parfait!... ne bougez plus... *(Relevant un peu la coiffure de Monelle pour dégager le front et les tempes.)* Ne vous tourmentez pas; j'arrangerai tout à l'heure vos cheveux... C'est amusant au possible de modeler votre visage... je crois mettre en valeur un bibelot de prix.

MONELLE

Vous êtes collectionneur?

VILLON

Naturellement!... Je passe du rouge sur vos paupières pour les rendre plus vibrantes... Puis, je les ombrerai avec du bleu pour éloigner encore le mystère de votre regard... Seulement ayez l'air de prendre plus d'intérêt à mon ouvrage!

MONELLE

Mais j'en prends!

VILLON

Non... vous êtes à mille lieues! Comment voulez-vous que je fasse quelque chose de propre si vous ne collaborez pas avec moi... de toute votre âme... de tout votre être?

MONELLE

Je fais de mon mieux, je vous assure... mais ces pinceaux, ces crayons que vous promenez sur mon visage... ça m'endort!...

VILLON

Remuez-vous, réveillez-vous!... il faut absolument que vous vous réveilliez... vos yeux bien grands ouverts!... comme ça... vos grands yeux qui m'affolent!... (Avec désespoir.) Oh! vous les fermez continuellement : je ne pourrai jamais mettre du noir sur vos cils!

MONELLE, fermant les yeux malgré elle.

Mais c'est un vrai martyre !

VILLON

Un martyre pour moi!... un martyre de continence devant toutes vos beautés !

MONELLE

Oh ! M. de Villon, épargnez-moi vos compliments!... Ces dames m'ont assuré que vous en faisiez de charmants... je les crois sur parole !

VILLON

Non, ne croyez pas ça!... Dans le monde, c'est vrai, je cherche à être aimable avec les femmes... Dès lors je deviens le flirt... le flirt par profession... le flirt à perpétuité !!!

MONELLE

Oh ! je compatis !...

VILLON

Il ne m'est plus permis d'avoir un cœur... du bagout simplement!!!... Quand je ris, on sourit... Quand je pleure, on continue à rire. Et vous riez en ce moment... vous... vous!!!...

MONELLE

C'est votre brosse qui me fait rire... elle est énervante votre brosse!... Est-ce que vous ne m'avez pas mis trop de rouge?... j'ai le teint mat.

VILLON

Que vous êtes méchante !

MONELLE

Moi !

VILLON

Vous jouez avec mon cœur !

MONELLE

Laissez votre cœur en repos... et ne bariolez pas ainsi tout mon visage... Je dois être affreuse ! (Elle veut prendre, sur le guéridon, une petite glace.)

VILLON

Non, non, ne regardez pas encore... je n'ai pas mis de poudre. (Il s'empresse d'atténuer d'un nuage blanc les exagérations du coloris.) Ayez pitié de moi... près de vous, je ne sais plus exprimer ce que je sens... Mon bagout lui-même m'abandonne... devant vos charmes... que j'ai là, à portée de mes lèvres, et que je caresse déjà !

MONELLE

Prenez garde, Monsieur de Villon... vous n'êtes plus dans la loge d'une danseuse !

VILLON

Vous voyez !... je dis des sottises et je ne peux pas ne pas les dire !!!... Auriez-vous la bonté, Madame, d'avancer un peu les lèvres... pour le crayon rouge... Je dis des sottises, parce que votre parfum me grise... parce que tout mon être, irrésistiblement, va vers vous... vers vous que la vie a meurtrie et dont j'adore la meurtrissure!... car je vous sens meurtrie, comme moi!... Ne dites pas non! vos yeux l'avouent... et je baise follement cet aveu! (Il l'embrasse.)

MONELLE, se dressant avec indignation.

Oh! lâche, lâche!!!

VILLON, implorant.

Madame!

MONELLE

Oui, lâche!... et personne pour me défendre!... vous comptiez là-dessus.

VILLON

Je vous en prie, Madame... on va nous entendre.

MONELLE

Vous n'avez même pas le courage de votre infamie!

VILLON

Si vous pouviez savoir...

MONELLE

Sortez, ou j'appelle.

(Villon préfère la première solution.)

SCÈNE VIII

Découragée, Monelle pleure... Elle se redresse brusquement à l'entrée de Jean.

JEAN

Je me suis échappé... Tout à l'heure, au milieu des autres, je t'avais à peine dit bonjour... après vingt années de séparation!!!... Et il me tardait follement de te voir... toute seule !

MONELLE

A moi aussi, il tardait!... Tu n'as pas rencontré Claire?

JEAN

Non... pourquoi?

MONELLE

Elle voulait te parler... de moi.

JEAN

De toi!... à quel propos?

MONELLE

Elle te le dira... j'aime mieux que ce soit elle.

JEAN

Ah! je me rappelle : elle m'avait donné rendez-vous dans sa chambre... j'ai oublié!... J'oublie si vite tout ce qui n'est pas à toi?

MONELLE

Mon bon Jean!... (S'apercevant que Jean la dévisage et se souvenant qu'elle est grimée.) Tu ne sais pas? Mais je ne devrais pas te le dire : c'est une surprise qu'on vous prépare... nous nous travestissons toutes pour le dîner.

JEAN, froidement.

Ah!... tu as dit vrai... une surprise... de toi surtout!!!

MONELLE

De moi! pourquoi?

JEAN

Parce que ce n'est pas un souvenir d'enfance!... parce que nous ne maquillions pas nos visages jadis!... alors, tu comprends, je n'y suis pas fait; il faut me donner le temps de m'y faire... C'est en Amérique que tu as appris ça?

MONELLE

Non... ici... M. de Villon m'a grimée.

JEAN

Villon!... il s'est permis?... tu t'es laissé faire?

MONELLE

Pourquoi pas?... Ta femme et Mme de Keurs se font bien grimer par lui.

JEAN

Ce n'est pas la même chose!... tu es seule! le monde est méchant!

MONELLE

Et je dois m'incliner devant sa méchanceté? n'est-ce pas? Nous étions plus fiers autrefois!

JEAN

Oui, pour des causes plus nobles!

MONELLE

Les causes ont changé... Que veux-tu? mon pauvre ami... J'ai changé, moi aussi!

JEAN

Claire m'avait fait pressentir... mais je ne voulais pas croire.

MONELLE

Tu avais tort. On ne se fait pas la vie que l'on veut, on la subit... Au lieu des enthousiasmes j'ai des peines... Je veux les oublier dans le luxe et dans les fêtes!

JEAN

Tu ne te prépares que des désillusions!... A ton âge,... aie donc le courage de regarder en face le vide de ces fêtes.

MONELLE

Je ne vois que des hommes qui me trouvent belle et qui me désirent!... Dussé-je en mourir, j'exige de la vie ce qu'elle doit me donner!... ça t'étonne... tu ne reconnais plus l'accent de notre enfance... n'essaye pas de te souvenir... oublie... Monelle est bien morte!

JEAN

Non, elle n'est pas morte! Tu n'as pas le droit de dire ça... Ma Monelle est immortelle... elle vivra tant que le cœur se passionnera pour le beau et pour le bien... la vie ne peut rien contre elle... toi non plus... toi surtout, qui dis ça pour me faire souffrir!

MONELLE

Te faire souffrir?

JEAN

Oui........., parce que je t'aime!

MONELLE, émue et triomphante.

Toi!

JEAN, avec emportement.

Tu le sais bien!... Tu le savais déjà avant notre séparation!!!... Et tu m'as fait souffrir cruellement (comme les enfants aiment à faire souffrir), tu es devenue la femme d'un autre!!! Aujourd'hui tu veux mettre à nu cette blessure..., lui enlever son seul baume : le souvenir de notre passé, de nos enthousiasmes et de nos rêves!... Tu ne pourras pas... je ne le permets pas... et mon cri de révolte est mon premier aveu d'amour!!!

MONELLE

Tais-toi, tais-toi!... Je t'en supplie au nom de ce passé, de ces enthousiasmes et de ces rêves!!!... Je n'ai pas le droit de te dévoiler mon âme... Je murmure simplement « merci... », mais « merci » du fond de mon cœur... parce que tu n'as pas voulu croire!... parce que tu t'es souvenu!. . Oh! je suis heureuse, j'ai peur!

JEAN, qui veut la prendre dans ses bras.

Contre moi, tu n'auras plus peur.

MONELLE, se dégageant.

Oh! non... c'est mal!

JEAN

Ma Monelle!

MONELLE

Laisse!... Tu vois, il faut déjà nous cacher comme des criminels!... Laisse... Ces dames vont venir pour se faire grimer.

JEAN

Mais toi, je l'espère, tu vas renoncer à ce travestissement!

MONELLE, souriant.

Moins que jamais!... J'ai besoin d'un masque maintenant... pour cacher mon bonheur!!!

ACTE III

SCÈNE PREMIÈRE

Au pied de la falaise que couronne le Saint-Pilon. Dans les rochers, la grotte de Sainte-Baume..., un escalier rustique y accède... Au premier plan, un sentier débouche de la forêt, gravissant les escarpements de la montagne... A droite, une station de calvaire en ruine. — Jean paraît; il s'adresse à Monelle qu'on ne voit pas encore.

JEAN

Encore un effort!... nous arrivons!

MONELLE, paraissant à la lisière du bois.

Enfin, nous sortons de cette forêt... ses ténèbres m'oppressaient... Je craignais de ne revoir jamais le ciel.

JEAN

Tu n'en vois encore qu'une échappée. Mais là-haut, sur le Saint-Pilon, tu seras éblouie par le ciel et par la mer : on ne sait pas où l'un finit, où l'autre commence... Regarde, dans la falaise, cet escalier : il mène à Sainte-Baume.

MONELLE

La grotte de Marie-Magdeleine! Comme tu as bien fait de me conduire ici! Cette vision manquait à mon amour pour la Provence... Maintenant je ne sens plus la fatigue.

JEAN

Ménage pourtant tes forces... Assieds-toi, la montée est rude pour une femme.

MONELLE, s'asseyant sur un tronc d'arbre au pied de la station.

Tout à l'heure, il est vrai, j'étais bien lasse... et d'une humeur!... même contre les anges dont les ailes ne me transportaient pas au sommet du Saint-Pilon, comme Marie-Magdeleine.

JEAN

Si tu me l'avais dit, je t'aurais portée au bout du monde!

MONELLE

J'avais quelque peine à te prendre pour un ange!... Et puis je te boudais aussi... Tu avais éconduit le berger qui s'offrait à nous montrer la route... tu pouvais t'égarer dans une forêt si noire!... As-tu remarqué? On n'y entend ni le bruit du vent, ni le chant des oiseaux!... Il semblait que nos appels resteraient, eux aussi, sans écho... J'ai pris peur, j'ai regretté le guide!

JEAN

Il aurait parlé et tu n'aurais pas entendu le silence de la forêt! Aussi, laissant les autres déballer leur pique-nique au Plan-d'Aups, t'ai-je entraînée toute seule!... Oh! je me rappelle, tout enfant j'ai éprouvé ici la profonde impression de cet effroi mystique... et j'ai voulu écouter battre ton cœur à l'unisson de mon cœur d'enfant.

MONELLE

Tu as dû l'entendre : il battait si fort! Je n'avais certes pas le courage de Magdeleine.

JEAN

La légende nous rapporte que la Sainte a défailli jusqu'à l'angoisse dans l'horreur de cette solitude. Mais le Seigneur a eu pitié d'elle; il a fait jaillir du rocher une source dont le murmure répondit à sa voix et dont la fraîcheur apaisa ses alarmes... Elle coule là-haut, au fond de la grotte. Dans le pays, on la nomme « *la fontaine des larmes* ».

MONELLE

J'ai de la joie à t'entendre parler avec respect des choses que j'aime. Tu m'as fait tant de peine, hier, en opposant aux dogmes religieux les prétendues découvertes de la science.

JEAN

Hier, j'étais énervé par tout ce qui m'entourait; j'étais mécontent des autres et de moi-même. Aujourd'hui, je t'ai là toute seule; je redeviens l'enfant que tu avais quitté... adieu mes travaux, ma philosophie, mes inquiétudes morales!... Il y a des moments, vois-tu, où la science ne nous suffit plus... nous la comprenons trop!... nous avons besoin de ne pas comprendre... de franchir les limites de la raison... Il nous faut l'au-delà!... Alors nous tournons nos regards vers la légende parce qu'elle est éternellement lointaine comme l'art... Je suis un enfant de la Provence; jaime l'art, j'aime Marie-Magdeleine!

MONELLE

Je l'aime, moi, parce que je suis une femme et parce qu'elle est la vraie femme!

JEAN

La femme qui symbolise l'Amitié dans son essence la plus noble!

MONELLE

Qu'elle daigne aujourd'hui bénir la nôtre!

JEAN

Tu as raison; notre excursion à la Sainte-Baume est un vrai pèlerinage de reconnaissance et d'amour. Je me sens si heureux depuis que je t'ai auprès de moi! Je n'avais plus de courage et voilà que je me reprends à vivre. C'est ton œuvre, ça... sois-en fière... Pourquoi baisses-tu la tête?

MONELLE.

Plus tu vantes cette œuvre, plus ma conscience la condamne.

JEAN

La conscience ne saurait défendre la charité; tu la fais à un désespéré!

MONELLE

N'est-ce pas à moi-même que je la fais? Ah! je n'ose plus m'interroger!

JEAN

Je ne puis comprendre tes scrupules... Tu as arrêté sur mes lèvres des paroles d'amour, tu m'as imposé un pacte d'amitié. . je t'ai obéi et j'ai loyalement lutté pour tenir ma parole. Maintenant, nos deux âmes se fondent dans une communion qui les vivifie! Où vois-tu le mal?

MONELLE

Dans la place que je prends dans ta vie et que je n'ai pas le droit de prendre.

JEAN

Celle à qui elle appartient ne peut pas la remplir!...

MONELLE

Tu es injuste envers Marthe!

JEAN

Non, elle ne peut pas, elle a l'âme d'une petite fille, elle la gardera dans sa vieillesse même, malgré les épreuves... Une âme insouciante... une âme de plaisir!

MONELLE

Et si cela était, de quel droit le lui reprocherais-tu? Avant de l'épouser, l'as-tu interrogée sur ses goûts? Tu l'as prise parce qu'elle était de ton monde... de ta caste. Son entrée dans ta vie était dans l'ordre traditionnel des choses... un placement de père de famille! Maintenant il te plaît de la déclarer indigne de toi! T'es-tu seulement donné la peine de lui apprendre autre chose?

JEAN

Je n'aurais pas eu à te l'apprendre, il m'aurait suffi d'aimer ce que tu aimes.

MONELLE

Ne parlons pas de moi, mais de Marthe que tu fais souffrir.

JEAN

Tu ne la connais pas!... les souffrances glissent sur son âme comme les gouttes de pluie sur la cervelle d'un oiseau... A la fin de l'orage, le chant reprend de plus belle!

MONELLE

Et cela t'irrite... parce que ta femme n'avoue pas sa blessure... une blessure faite par toi!... Tu voudrais être plus sûr de ta puissance de bourreau!

JEAN

Tu n'as de pitié que pour elle!... Moi, tu me condamnes!

MONELLE

Non... je n'en ai pas le droit : je suis trop misérable moi-même!... Ici, d'ailleurs, c'est le lieu de la miséricorde!... Montons, veux-tu, jusqu'à la grotte... nous y trouverons peut-être un peu de paix... je veux boire avec toi à la « *fontaine des larmes* ».

JEAN

Du moins, ça pourra calmer ton exaltation!.. Attends ici; je vais au monastère chercher la clef de la grotte... je reviens.

(Il disparaît par l'escalier qui monte à la Sainte-Baume.)

SCÈNE II

Monelle s'isole dans ses rêveries. Un bruit venant de la forêt la fait tressaillir.

MONELLE

Quelqu'un!... (A mi-voix, effrayée.) Jean, Jean!... (Jean est trop loin pour l'entendre. Monelle se dresse pour fuir, quand elle aperçoit Marthe.) Vous! Oh! vous m'avez fait peur!... seule?

vous avez laissé les autres. (Signe d'assentiment de Marthe.) Mais comme vous êtes pâle !

MARTHE

Je suis fatiguée... cette montée... cette solitude.

MONELLE, lui montrant un tronc d'arbre.

Reposez-vous ici... Voulez-vous que j'appelle Jean ?... Il est là-haut, au monastère.

MARTHE, vivement.

Non, non, laissez... ce n'est rien... je vais mieux.

MONELLE, disposant des fagots derrière le dos de Marthe.

Appuyez-vous... comme cela !

MARTHE

Que vous êtes bonne pour moi !

MONELLE

Vous l'êtes tellement pour moi ! Je ne fais que vous imiter ! Nous nous connaissons à peine, et il semble pourtant qu'un lien nous unit dans le passé.

MARTHE, avec gravité.

Un lien dans le passé !... vous avez raison.

MONELLE

Comme vous avez dit ça!... C'est si étrange de surprendre de la mélancolie sur vos lèvres. Il se dégage habituellement de vos paroles et de vos gestes une telle joie de vivre! Chacun en bénéficie égoïstement et vous en veut presque quand vous n'êtes plus gaie... Mais vous pleurez!... je vous ai fait de la peine?

MARTHE, amèrement.

Non, je ne pleure pas... je ne sais que rire!... j'ai une âme de petite fille, une âme insouciante, une âme de plaisir! (Mouvement de Monelle.)

MONELLE

Ne parlez pas ainsi!... vous souffrez?

MARTHE

Souffrir! moi! quelle idée... La souffrance glisse sur mon âme comme la pluie sur la cervelle d'un oiseau!

MONELLE, avec effarement.

Marthe, Marthe... vous avez entendu?... (Marthe sanglote.) Oh! pardon, pardon! (Monelle tombe à ses genoux, lui baisant les mains.)

MARTHE

Je n'ai pas à vous pardonner... je n'ai pas à vous juger... je ne sais qu'une chose, c'est que vous m'avez défendue, que vous avez eu pitié de moi... Personne n'a jamais eu pitié de moi!

MONELLE

O la misérable que je suis!!! Je ne mérite pas votre indulgence... chassez-moi comme une voleuse!!!

MARTHE

Ne parlez pas... vous me faites du mal! Si vous avez de l'affection pour moi, ne parlez plus! Vous m'aimez un peu, dites? (Monelle lui baise éperdument les mains.) Soyez ma sœur, voulez-vous? (En s'inclinant pour donner le baiser de pardon, Marthe épand sur la tête de Monelle le manteau doré de sa chevelure qui s'est dénouée.) Oh! mes cheveux!!!

MONELLE, enfouissant sa tête dans ces cheveux.

Laissez de grâce!... que j'y cache ma honte... que j'y sèche mes larmes!... Les cheveux de Magdeleine!... les cheveux qui purifient... les cheveux qui consolent... Oh! soyez bénie pour m'avoir appris mon devoir!!!

MARTHE, avec gravité.

Apprenez-moi plutôt le mien. Je dois faire, je veux faire le bonheur de Jean et je ne peux pas!!! J'ai fait fausse route, je le comprends. Mais était-ce ma faute? je suis restée trop longtemps une enfant. Quand enfin je me suis sentie femme, il était trop tard : la blessure était mortelle. Je n'avais rien pour la guérir; car la pudeur m'empêchait de m'avouer à moi-même ce changement. Alors, j'ai continué à rire et ce n'est que dans vos bras que j'ai osé pleurer!

MONELLE, *transfigurée.*

Laissez couler vos larmes... elles m'ont rachetée!!!... Qu'elles emportent à jamais vos tristesses. Laissez-les couler! Elles font de la place pour le bonheur qui vient... Mais oui, le bonheur!... vos larmes l'ont bien gagné!... souriez-**lui**!!!... Avez-vous, ma chère Marthe, confiance en moi?

MARTHE

Je vous ai appelée ma sœur!

MONELLE

Alors, laissez-moi avec Jean... toute seule... une dernière fois!

MARTHE

Pourquoi dites-vous : une dernière fois? Vous n'allez pas me priver de votre affection.

MONELLE

Mon affection ne vous quittera pas. Mais moi je dois partir. Vous le sentez vous-même... Toute hésitation serait une lâcheté!

MARTHE

Mais vous allez souffrir encore... me maudire!

MONELLE

Je vous bénirai de faire le bonheur de Jean.

MARTHE

Vous êtes une sainte!

MONELLE

Je suis votre sœur! Quand vous serez heureuse, pensez à moi, aimez-moi un peu plus!!!... Oh! Jean revient... Partez, il ne faut pas qu'il nous surprenne ensemble!

(Marthe se jette à son cou et disparaît dans une joie enfantine.)

SCÈNE III

JEAN, *descendant l'escalier.*

J'ai la clef... nous pouvons nous remettre en route.

MONELLE

Un moment encore : on est si bien ici! Nous avons le temps, n'est-ce pas?

JEAN

Certes, le soleil est encore brûlant... nos excursionnistes se reposent... ils ne viendront pas de si tôt... Tu as raison, on est bien ici... Je vais me coucher à tes pieds... comme dans notre enfance. Te souviens-tu?... Je regardais tes yeux pour deviner ton âme... Rends-moi maintenant tes yeux et ton âme.

MONELLE, gênée.

Je n'ose plus... ne reste pas ainsi... viens t'asseoir à côté de moi.

JEAN, s'asseyant tout près de Monelle et la prenant dans ses bras.

Ma Monelle chérie!

MONELLE

Oh! pas comme cela!... laisse... laisse... si on nous voyait.

JEAN, avec emportement.

Personne ne peut nous voir... Et qu'importe, du reste!!!... si les autres étaient là, tu sentirais mieux combien je suis à toi, combien tu es à moi!!!

MONELLE

Ne dis pas ça!... tu m'as promis de ne pas le dire!

JEAN

Il fallait mentir pour te garder ici... pour me sauver!!!... Je me suis accroché à la dernière épave!

MONELLE

Cette épave ne peut te sauver, crois-moi... (Tendrement.) Il faut me croire, mon Jean... parce que je t'ai aimé!... parce que je t'aime!!! (Joie de Jean.) Je rougis de te dire ça... Mais je rougissais davantage de mon hypocrisie... elle m'étouffait... Je veux respirer, enfin, l'air de la vérité!... Oui, je t'aime... je t'aime de toute mon âme et de tout mon corps!!!... Et pourtant, je vais te faire souffrir!!!... Ah! c'est atroce, et je suis si lâche que je ne sais plus si je pleure le mal que je te fais ou celui que je me fais. Je tremble devant ce que je vais te dire... comme on tremble en dictant un testament... comme on tremble en adressant à l'être aimé un dernier adieu!!!

JEAN

Que dis-tu? un dernier adieu!!!

MONELLE, baissant la tête.

Je dois partir.

JEAN

Mais, c'est impossible... je le ne permettrai pas... je ne te perdrai pas une deuxième fois... oh! non, non!

MONELLE

Ne m'enlève pas mon courage : j'en ai si peu!

JEAN

C'est que tu sens toi-même l'impossibilité de cette séparation!

MONELLE

Toute seule, je ne pourrais pas... Mais j'implore le secours d'En-haut...

JEAN

Non, ce n'est pas possible! Si tu pars, c'est que je suis une gène dans ta vie... tu m'écartes de ta route... L'austérité de mon existence te fait peur!... Imbécile que j'étais, je n'ai pas su voir dans ton âme!!! Claire pourtant m'avait mis en garde... Pardonne-moi, je m'étais trompé... tu as joué avec mon cœur!... tu veux le briser!!! c'est dans l'ordre. Il te faut déjà un nouvel amour!

MONELLE

Tu as dit vrai... un nouvel amour... un amour accessible à ceux qui n'en sont pas dignes, à ceux qui ont péché... l'amour de Magdeleine pour Jésus... Comme elle, j'ai à expier!!! Ma résolution est prise... je veux consacrer ma vie aux malheureux; j'entrerai demain aux Petites-Sœurs-des-Pauvres!

JEAN

O notre pauvre amour!!!

MONELLE

Ne le plains pas : il va s'ennoblir de ton sacrifice, de mon sacrifice! O mon Jean, sauvons-le de l'infamie! Si je ne partais pas... je ne pourrais plus... il serait trop tard!... Et nous n'aurions pas assez de larmes pour pleurer le plus noble sentiment de notre vie... Oh! crois-moi, aide-moi à préserver nos enthousiasmes et nos rêves!!! Toute seule, je ne pourrais pas! Il faut que tu me soutiennes!!!... Je t'ai découvert mon âme comme l'amante dévoile son corps... elle est dans tes mains... elle est tremblante!... (Se réfugiant dans les bras de Jean.) Non, je ne tremble plus, tu vois!... j'ai confiance... j'attends ton arrêt!

JEAN, laissant tomber ses bras.

Mon arrêt! non... ma prière! reste... j'ai besoin de toi... grâce à toi, je deviendrai meilleur... ne m'abandonne pas!

MONELLE

Je ne t'abandonne pas : je me rapproche de ton âme; je vais prier pour toi!... Je veux offrir à Dieu mes douleurs pour apaiser tes douleurs; car, moi aussi, je souffre horriblement de cette séparation! Si je me résigne, c'est pour que mon Jean demeure un honnête homme!... Et cela, grâce à moi! Laisse-moi cette consolation suprême! Tu veux bien, dis... tu seras ainsi un peu ma chose!!! Tu pleures!!! Oh! que je suis heureuse! j'ai tant pleuré!!! je puis maintenant te donner mon premier et mon dernier baiser! (Elle l'embrasse sur le front.) Allons, sèche tes larmes, souris à notre rêve passé : notre vieillesse le protégera désormais... Tu comprendras bientôt... tu ne m'en voudras plus... Alors, tu prieras pour la novice! (Bruits et chants dans la forêt.) Écoute... ce sont les autres qui montent... la vieille forêt n'est plus muette... elle ne se révolte pas contre son grand âge : elle consent à se faire l'écho des chants de la jeunesse... Faisons comme elle, sachons vieillir!!!

Toulouse, imp. Edouard Privat, rue des Arts, 14. — 1496

www.ingramcontent.com/pod-product-compliance
Lightning Source LLC
LaVergne TN
LVHW020040170826
845678LV00001B/354
9782329693347